진진욱 제3시집

사랑, 지울 수 없는 그리움

진진욱 제3시집

사랑, 지울 수 없는 그리움

한누리
미디어

책머리에

세 번째 내보내는 이번 시집은
보기 좋게 쌓아올린
공작물이 아닙니다

부서지는 인성人性을 유전油田처럼
버티게 하는 사랑의 상징입니다
그리움의 노래입니다

가장 깊숙이 들앉은 우리들 본래의
마음 밭
오로지 그것입니다.

2002년 6월

月山 진 진 욱

차례

차례

노을, 사랑에 불타 죽은 그대 2부

차례

3부 추억, 그 아름다운 사랑이야기

차례

등대, 끝없는 그리움의 항해 4부

차례

5부 해조음, 가슴살 뜯는 슬픈 곡조

차례

행복, 당신 곁에 내가 있다는 것

차례

기다림, 그 슬픈 사랑 노래

기다림 · 1

그대 떠난 초원에
잡초만 무성해
나는 그 언덕빼기 길 잃은 사슴

그대 떠난 강가에 인적이 끊겨
나는 나의 사공만을 기다리는
빈 나룻배

그대 내 곁에 영혼으로
머문다 해도
두 눈에 보이는 건 자욱한 그리움 뿐

계절은 떨어져 낙엽처럼 쌓이는데
발등에 맺힌 이슬
뜨겁게 역류하여
흥건히 눈가에 강물 이룬다.

기다림 · 2

그대 학鶴이 되어 내게로 돌아오겠다면
나는 저 민둥산 우뚝
소나무로 태어나 기다리고 있겠어요

비바람 거칠어도
눈보라 거세어도
서두르지 않고 그대를 기다리고 있겠어요

가녀린 몸이라서 길이 너무 멀다면
나는 다시 무인도로 태어나
그대 가까운 바다 가운데서 기다릴래요

만약에 그대
한 발짝도 움직일 수 없는 몸이라 하면
나 바람이 되어, 곧장 그리로 달려가겠어요.

기다림 · 3

둥지 위에
새 한 마리 쭈그리고 앉아
사방을 두리번거린다

시끌벅적
부산을 떠는
건너편 둥지와는 달리

어둠이 내려
시야가 가릴 법도 한데
기다림이란 저토록

무더기로 왔다가
무더기로 사라진 어둠 뒤로
말쑥한 새벽

하얀 달빛만 둥지에 내걸려
굵다란 점 하나
땅바닥에 찍혀 있다.

기다리는 마음

밤이 오면 나의 가슴 다 열어두리오
별빛만으로는 어두울 것 같아
촉수 높은 외등까지 달아두리오

혹시라도 몰라 방안 가득 촛불 밝혀
밤새도록 기다리고 있을 테요

몇 밤이나 기다리다 지쳐 잠든 후
만약에 그때서야 당신께서 오셨다면
아무 말 하지 말고 꿈 속에 펼쳐 놓은
초원으로 들르세요.

그리움은

민들레가 말하기를
그리움은 바람 지는 곳에 떠밀려
꽃으로 핀다고

홀씨로 몸을 날려
외로움 넉넉한 들판으로 가
민들레로 핀다고.

내가 그리우면

그대 내가 그리우면
그리움
더욱 간절해지는
밤이 오면
불을 끄고 어서
눈을 감아요
그리고 꿈으로 가요

거기 살구나무 가까이로
다가선다면
나는
나의 꽃망울을 터뜨려
그대를 반기리오
돌아가기 섭섭하면
나를 꺾어가도 되지요

진정 그리운 것은 거기 없었네

산이 그리워 산으로 가면
산은 언제나
나를 잊지 않고 기다려 주었네

바다가 그리워 바다로 가면
바다는 언제나
나를 잊지 않고 기다려 주었고

기다려 주지 않는 건 오로지
그대 뿐
그리움 목말라 그곳에 가면
흔적조차 말라 불타고 없었네

처음부터 지상에
저인망을 쳐 놓았더라면 그대
그리운 날
끌어 당기기만 하면 되는 것을

그래도 그리워 할 것이네
나의 시선 밤하늘에 응고되어

별이 될 때까지
그대가
별의 내력을 알아 맞출 때까지.

영원한 그리움

그대가 남겨두고 간 것은
한 톨
보이지 않는 씨앗이었네

그대 떠난 날
난항의 밤을 지샌 건
발아되는 진통 때문이었고

그 날부터 그리움은
짜디짠 눈물을 받아 마시며
죽순처럼 자랐지

이젠 그대가 찾아온다 해도
움직일 수 없는 건
뿌리가 너무 번져

매일같이
그리움이 내게 들려주는 노래
그대 차라리 돌아오지 말란다.

사랑 또 사랑

아름다운 꽃일수록 꺾지 않으려 애쓰는 건
두고두고 오랫동안 사랑해야 하니까
분질러 곁에 두면 당분간은 좋아서
어리둥절하겠지만
멀리에 두고 가끔씩 엿보는 건 하냥
꿈길보다 감미로운 것
설사 누구에게 꺾이거나 자취 없이
사라진다 해도
나 보기엔 거기 그대로 온 몸 풀어
허공 가득 채우고 있을 것이네
사랑스런 꽃이여 그대 일부러
나를 위해 내 자리를 채우려 하지 말아요
그대가 자유롭지 못하면
또한 이 사랑 자유로울 수 없기로
꺾지 않는 아픔은 꺾이는 아픔보다
오히려 처절한 것, 그러나
그래도 좋으네
아픔 이상으로 짜릿하네.

사랑에 대하여

사랑하다 헤어짐은 그것이 다시는
아물지 못할 상처라 해도
이별은 사랑을 더욱 사랑이게 한다

이별이 설사
죽음이 낳은 영원한 것이라 해도
남은 자에겐
역사보다 질긴 사랑으로 남으리다

가까운 데서는 희미하다가도
멀어질수록 뚜렷해지는
그러나 사랑한다는 것은
사랑을 보기 위해 사랑하는 것은 아니네.

사랑의 훈시訓示

사랑은 입으로만 나누는 것이 아니라고
사랑은 은밀하면서 날마다 새로워야 한다고
그래야 시들지 않는다고
입안의 사탕인 듯
지구를 옴싹 싸안고 있는 하늘을
잘 보라고
짜고
쓰고
맵고
찌그러진 폐품덩이며
사랑은 그렇게 감싸안아야 한다고.

넝쿨사랑

기웃거려도 감길 데 없어
모가지만 늘어진 사랑

멍청하게 감아대다가
아픔으로 추락하는

바래져 가는 겉줄기에
속내만이 푸르러

밑둥이 어디에 붙었는지 몰라
자르지도 못하고.

짧았던 사랑

고독의 미로에서 발길 맞닿아
두고두고 태워야 할
사랑
단번에 태워
지금은 너와 나 타버린 숯덩이

아무래도 너 먼저 꺼질 듯하여
행여나 하고 남겨둔 불씨
매섭도록 싸늘한
너로 하여금
그마저 이미 꺼진 지 오래.

사랑의 잔해

우리가 언제 그리움을 생각했던가
말랑말랑한 사랑
이리 만지작 저리 만지작거리기 바빠
우리가 언제 이별을 생각했던가

잡초 속에 피어난 쟈스민을 훔쳐 보듯
넘보는 눈길 도적떼 같아
안으로 깊숙이 감춰두고 나눈 사랑

널려 있던 시선 여기 그대론데
익어도 너무 익어 수박처럼 쪼개진 걸까
지금의 내 곁은
가혹토록 애잔한 그리움만 웅크려.

추억의 벤치

내 옷깃만큼이나 남루해진
그 때 그 벤치에 앉아
떨어져 내리는 낙엽마다 유심히
들여다보는 것은
당신이 보낸 사연
아직도 받아보지 못해서랍니다
목말라 바싹 마른 저 낙엽입니까
눈물 젖어 촉촉한 이 낙엽입니까
내려서지 못할 언덕 아래로
이미 떨어져 내린 낙엽이라면
나는 어쩌지요
어디로 가야 곱게 물들어 있을
당신의 사연을 품 속에 넣어 오나요.

떠날 수 없는 사람

당신은 나를 떠났어도
나는 당신을 떠나지 못합니다

우리가 머물렀던 찻집에서
떠나지 못하고

우리가 접어둔 우산 속을
떠나지 못합니다

당신은 떠나 있어
아니라고 말하겠지만

지금도 나는 아무도 찾지 못한
꿈을 캐내고 있어요.

사모의 노래

오지 말라 막아 서도
달빛은 자꾸만
창문을 두드리는데

있는 대로 열어 둔
가슴
기다리는 사람은 오시지 않아

자지러질 듯 만개한
국화 핀 길을 두고
이 해도 나 먼저 시들고 말겠네.

석양에 지다

당신을 찾아 헤매이는 아픔은
나비가 백사장에서
꽃을 찾으려는 애절함 그것입니다

지쳐 버린 나비가
서서히 파도 속에 잠기며 발광하는
부질없는 아우성입니다

내가 만일 잠든 후 그대 돌아왔다면
무덤 위에 발자국 수없이 남기소서

나는 가을밤 별을 보듯
천장에 널린 그대 흔적을 바라보며
행복에 젖으리다

발자국 하나 둘 꽃잎처럼 떨어지면
가슴에 끌어안고 향기에 취하리다.

노을, 사랑에 불타 죽은 그대

얼굴·1

당신은 항상
그리움의 가지에 얹혀 있는
달

터질 듯하다가
사그라들고
사그라질 듯하다가
두둥실 차오르는

당신은
누구의 눈에도 띄지 않는
내 마음의 달

낮에도
하루종일 내 곁에 떠 있는
나만의 달.

얼굴·2

겁이 많은 당신은
내가 있는
땅으로
내려서지 못해
안절부절 구름으로
서성대고만 있더니
두 눈 감고 한밤
빗물로 뛰어 내려
나 먼저
뜰 안
동이 트기 바쁘게
목련으로 와 있네.

파도

내 그리움 떠밀려 바다
저편으로 가고
이름 모를 그리움
저편에서 건너와 풀썩
모래밭에 주저앉는다

온종일 수없이 밀려오고
밀려가는 그리움

저 따로
나 따로가 아닌
우리 언제 하나가 되어
한 바다에서 머물까.

연꽃

급만성 골다공증에 걸린 아랫도리
뻘물에 갇혔어도
상층의 시각들을 끌어당기는 저 힘은
힘이 아닌 통증을 발효시켜 영근
이슬보다 맑은 영혼의 결정체려니
아픔이 지독할수록 겹겹이 펼쳐내는
장관 앞에
때 묻은 우리의 영혼들은 언제까지
관객으로 남아
소리 없는 탄성만 질러댈 것인지
고결하고 은은한 자태 앞에
나의 속 그림자 진물을 토해낸다.

창문

눈 쌓인 새벽이면 밤새
그대 다녀간 발자국 보이나 싶어

바스락거리는 낙엽소리만 들려도
그대 오시나 싶어

열고 닫기를 수 천 번
이젠 앉은뱅이로 주저앉은 창문

그대 들어설 미로조차 막혀
이별은 비록 이중으로 겹쳤지만

유리창 떠들썩 팔랑나비가 되어
창문을 두드려 준다면

나는 벌떡 일어나 나의 소중한
저 유리창을 단번에 부수리라.

만월滿月

거머쥐기 바쁘게 의문사疑問死 되는
시간을 두고
생머리를 앓는 지상地上과는 달리
광기 어린 초침秒針으로 시간을 토막
매일같이 숨어서
물회처럼 들이켜 마시더니
어 어 저길 좀 보소
얼마나 급했던지
아랫도리 훤히 들난 줄도 모르고
검은 보褓 위쪽에만 가린 채
슬그머니 달아나는 도적을.

달빛 여행

발정한 여인네의 젖가슴 같은 바다에
주검의 걸작 공동묘지 같은
밤바다에
달이 제 몸을 띄워 날더러 승선하란다

길은 그런 대로 대륙보다야 순탄하겠다만
어디쯤에 이 그리움 묻어둬야
태어날 때마다 끄집어낼 때마다
지금처럼 생생하게 떠올려 볼 수 있을까

달은 간다 미끄러지듯 날 태운 조각배가
그리움 묻어두고 나면
자욱히 물안개 봉분처럼 감싸줄
꿈 같은 섬 무인도를 찾아서.

삼월三月

뿌리 속에 잠든 연초록 친구여
지표를 토닥거리는 저
봄비 소리 들리지 않느냐

무한히 뻗친 허공 길 향해
우—우 기어 오르는
수액들의 행렬 보이지 않느냐

너를 깨우기 위해 벌써부터 나는
바람의 몸으로
힘에도 겨운 나목을 흔들고 있나니

우리가 만나면 꽃을 피우려
가지에 뒤엉킨 해묵은 거미줄을
털어내고 있나니

실눈을 떠 기별을 보여라
허물어진 듯 열린 저 넓은 창공
이제부터 우리의 것이 아니더냐.

나의 하늘

내가 당신을 제일 사랑하는 까닭은
세상 모두가 나를 등진다 해도
당신만은 나를 버리지 않으리란 생각 때문입니다

당신을 내 곁에 가장 가까이 두는 까닭 역시
내가 세상 모두를 등진다 해도
당신만은 결코 버릴 수 없기 때문입니다

언제나 그랬듯이 당신은 이 밤에도 별빛으로
내 마음에 내려와
온갖 노래를 들려주고 있습니다.

바람

가라앉지 못하는 마음, 이 마음은
바람이어라
세상 울음 혼자서 울어대는 나는
한 줄기 바람
솔 숲에 가서는 솔 울음 울어대다가
억새 밭에 가서는 억새 울음 울어대다가
홀연히 떠나 바다에 닿으면
게거품 토해가며 울어대는 나
때로는 밤새껏 울어 새벽바다를
핏빛으로 물들이는 바람.

산바람

산이라면 어디로 가던
죽을 판 살 판
너를 마신다
꽃들의 색색을
새들의 화음을
간간이 안주 삼아

세상살이
아무것도 아니라고
달착지근
해 넘도록 마시다가
서촌동네 다다를 무렵
하늘도 나도 취해
세상 통째 비틀비틀.

바람에게

헐렁해진 가을산 너머로
지나온 주행선은 보이지 않고
뒤안길 곳곳
덜 삭은 사연들만 횃불처럼 일어나
떼를 지어 몰려온다

깃발 없는 진군進軍으로
혁명을 꿈꾸는 바람이여
바스락 낙엽 소리에도 가슴 죄는
나를 위해
이 밤, 저 아우성들을 잠재워 다오.

노을

부글부글 초저녁부터 끓어대는
저 노을은
미망인이여
사랑에 불타 죽은 그대 애인의
혼백만이 아니라오

그쪽 무더기는
미망인의 몫
이쪽 무더기는 내 몫의 그리움

더는 바라보지 말아요
우리마저 애끓다 죽는다면
하늘은 깡그리 불바다가 되리니

두고두고 가끔씩
꿈자리에 안고 가면
얼룩진 베갯모에 노을꽃 피리니.

구름이 되어

이 밤
내 곁으로 오려나
그대 구름을 타고 있어

예까지 오기엔
한참의 거리
오금이 굳는다 해도
기다릴 수밖에

지름길로 달려와
질퍽하게 나를
껴안아만 준다면

달궈둔 체온 소롯이
건네어
그대 언 몸 녹여주련만

꿈틀거리는 저 몸짓
눈발로 내릴려나
빗발로 내릴려나.

훗날에는

이 지상을 다시 찾아 올 때는
그대 머무는 곳 확인해 두고 오리라

이 지상을 다시 찾아 올 때는
그대 혼자임을 확인한 후에 오리라

마구 돌아와 방황하지 않으리
마구 돌아와 가슴 찢지 않으리

그대와 하나 되어 영원할 수 있을 때
변방을 가로질러 나 그대에게로 오리라.

겨울이 오면

봄 길을 따라 모두는
돌아오고 있는데
오지 않는 건 오직 그대뿐이라서

가을 길 따라 모두는
돌아가고 있는데
돌아가지 않는 건 그대뿐이라서

눈 덮인 대지 위에
그대 그리움 나목裸木처럼 버티어
나를 더욱 외롭게 하겠네.

해후 邂逅

새벽에 내린 비가 대지의 땟국을
말끔히 지우고
화창한 봄옷으로 갈아 입혔다
간밤에 보낸 잠을 마지막으로
지루하게 걸어온 이승
생生 하나 다시 만나는 이 아침
참 아름다운 저승이다
전생前生을 쏟아 붓고도
되만나지 못했던 님
저승의 첫 아침에 님은 초등학교
정문 옆 벚꽃으로 피어나
날 보며 기뻐서 어쩔 줄 모른다
날개가 왜 이다지 가벼운지
나는 지금 사람의 이름을 버린
그저 나비다
이별이 깔린 이승 길을 맨발로
떠나 온 사람들이
아름드리 벚나무에 저승 하나
펼쳐 놓고 해후를 하고 있다
진작에 올 걸

황홀이 너무 깊어 행복을 모르는
상층上層.

예행 연습

그는 미리부터 이별에 대하여
예행 연습을 해 두었을까
날개라도 감춰 뒀을까

한 오라기 바람에도
흔들리는 가슴이며
하늘만 쳐다봐도
빗물 타 내리는 것이

나에게 날개가 있어야 말이지
우리에겐 애당초부터
신神의 파격은 없었나 보다.

추억, 그 아름다운 사랑이야기

추억

가자
코스모스 만발한 들녘을 찾아
너와 나
까마득한 추억을 찾아

미꾸라지를 잡는 아이
메뚜기를 잡는 아이
아이들의 웃음소리 순백하게
떠도는 그곳

사진첩을 펼쳐보듯
꽃잎마다 끼워져 있을
초경처럼 부끄러워하던
우리들의 밀어를 들춰보자

지금은 비록
생사조차 확인할 수 없지만
꿈에서의 약속
모월 모일
그 들녘에서 만나
지워진 성城 다시 쌓기로 하자.

여정餘情

당신이 남기고 간 정情
지금은 뜨겁게 끓어대는
그리움의 강입니다
가슴을 파고 드는 예리한
석순石筍입니다.

낙엽이 가는 길

바다여
나는 네게로 가기 위해
이제껏 단풍으로 물들어 왔노라
모두가 떠난 계절
지금은 내 차례
나를 데리고 갈 바람을 보내주렴
이곳에서 맺을 인연
아무것도 없었기로
이젠 네게로 가
너만 영원히 사랑할 것이네
처음엔 몰라도
너도 나를 사랑하게 될 거네.

길

나는 나뭇잎
야금야금 그리움 마셔대다
남 먼저 취해 버린
나는 검붉은 가을산 단풍잎

그대는 새
가지 끝 황량히
깃털 하나 걸어놓고 떠나 버린
희귀새

황혼이 지면
나
그대 떠난 방향은 알 수 없어도
내키는 예감따라 떠나볼 것이네.

통제

당신의 배웅을 받는다면
어디엔들
못 갈 리 있겠습니까마는
지상에서 못 건네준
사랑
그 쪽으로는 가져갈 수 없어
이대로 그냥 내버릴 수 없어
발꿈치 곧추세워 매달려 보지만
무심한 하늘은
통제선만 벌겋게 그어댑니다
별빛마저 둘둘 말아
구름 속으로 가두려 합니다.

포구 다방

포구에 비 내리면
어부는 그물 사이로 빠져 나간
젊은 날이 그리워
찻잔에 닻을 내린다

포구에 비 내리면
남은 님 홀로
이별의 뱃고동 소리 그리워
찻잔에 눈물 띄운다

무슨 심사로 갈매기 이때서야
울음 우는고
무슨 심사로 연락선 이때서야
서럽도록 울어대는고

한 떨기 수국화 같은 마담
야린 가슴 그 언저리에까지
그리움 가 닿겠네
가슴 울컥 하겠네.

마로니에

이별 없는 사랑을 보았느냐
마로니에
아픔 없는 이별을 보았느냐
마로니에

장대보다 높은
너의 목덜미에 매달려
종일토록 맴맴
부르다 목청 터져
서녘에 핏물 채우는 아픔

해가 지면 마로니에
밤은 또 나의 차례
이 밤 지나 먼동에 고이는
핏물, 너는 알리다.

망중한忙中閑

저 해를 보아라
무엇을 줄 듯하다가, 하다 못해
사랑이라도 짝지어 줄 듯하다가
모두의 가슴에 그리움만 잔뜩 불어넣고
능청맞게 자취를 감추는 저
짓궂은 해를 보아라
누구더러 상사병을 앓으라고
별까지 뿌려대는 저 고약한
심보를 보아라.

실수

사랑하면서 헤어진다는 것이
가슴 쪼개는 일인 줄 알았다면
두고두고 무딘 칼로
맨살 도려내는 아픔인 줄 알았다면

견디다 못해 다가서려다
아차 하고 되돌아서기 수만 번
이 발바닥 다 닳았기로
그대 문드러지고 없을 발바닥

곁눈질로 감지한 사랑이라면 몰라도
또아리 튼 상흔 끝간 데 없어
이제 우리에게 남은 건
화농化膿 채우는 노역勞役 밖엔

사랑을 꿈꾸는 자者여
꿈이 익기 전까지는
가슴 속을 먼저 점검해 볼 일이다
이별의 면역성을 점쳐 볼 일이다.

희비喜悲

달빛 때문에 발걸음 저려
숲 속은 점점
고독으로 빽빽한데
둥지 밖
새들이 내민 부리마다
음표가 주렁주렁
어이 알꼬
어이 알꼬
저들은 즐거워 숨이 차고
나는 쓸쓸하여 숨이 차고.

까치

도심都心 언덕
초췌한 슬레이트 집
안으로는 떠밀려 온 나
대문 밖은 나 먼저 불시착한
은행나무 한 그루
햇살이 비실대며
응달을 게워낼수록 나도
나무도
게워낼 수밖에 없는 공허
기다리면 온다고
어디쯤 무엇이 온다는 건지
아침마다 틀에 박힌
까치의 언질
폴짝폴짝
양달로부터 목련 지나
매화를 거쳐 온 봄
은행나무와 해후를 하고
그래도 짖어대는 걸 보면
내게도 무엇이.
편지 없음
우체부의 헬멧은 언제나 적색.

들국화

이슬을 털고 나온 들국화 보러
아침 햇살 머금은 들길을 나서볼까

꿈 많은 소녀 되어 가슴 부풀다
나를 보면 다소곳 수줍어 하겠지

노르락 불그락 길섶에 모여
온종일 그네질하며 뿌리는 향기

울 어머니 젊었을 적
동동 구리무 냄새

밝은 날, 날 보기가 쑥스럽다면
오늘밤 달빛으로 네 곁에 다가가리.

춘란春蘭

그는 베란다에 갇혀
황사에 가려진 산쪽을 응시한다

15층 아파트 외벽을 타고 오르는
끈끈한 고독

후각을 곤추세워 보지만
한 오라기도 낚아챌 수 없는 산내음

목이 탄다 흐느낄 공간조차 없는
질화병 속

옆자리엔 기형이 기형인 줄 모르는
화초들이 기형 펼치기에 바쁜

방범망과 방충망이 이중으로 고정된
베란다

달이 보인다 주인 없는 구덩이에
저 홀로 달빛만 졸고 있겠다.

강물

계곡 거슬러 산길 오르다가
숲 속 가득 너의 애틋한
노래에
나는 다시 발길 돌려
너를 따라 하류로 함께 가노라

부서져 가는 너와 나의 삶이
닮은 까닭에
놓쳐 버린 사랑으로 남은 그리움
너무 닮은 까닭에

두고두고 불러도 못다 부를 노래
목이 잠겨 더는 흐느낄 수
없을 때까지
부르자 나도 슬피 따라 부르마

부르다가 우연찮게 바다에 닿으면
우리 곧 몸을 바꿔
부서지도록 허공
기를 쓰며 노래하자.

간판

오아시스 찻집
나의 타임머신이 전시돼 있을지도 모른다
낡은 나무계단 끝에 반쯤 열려 있는 출입문
새어 나오는 담배 연기 깊숙이
사막을 횡단하다 쓰러진 사내들인가
한물 간 눈빛들이 바닥으로 타 내리고 있다
주인이여
왜 나를 슬프게 하시나이까

카페 기러기
기러기 아빠들은 시베리아로 떠났을까
기러기 엄마들만 삼삼오오 둘러 앉아
거품 없는 맥주에
지아비의 그림자를 안주삼아 씹어대고 있다
주인이여
당신마저 나를 슬프게 하시는군요

모정집 불빛이 호롱불 같다
이 곳만은 나를 슬프게 하지 않겠지
늙은 양키 머리가 비비시 웃어댄다

주름 위에 덧씌운 광대의 화장술과
지폐 앞에 조작되는 인스턴트 정내음
마담이여 이제 그만
내 어머니의 젖무덤을 도용하지 마소서

원조 원조 원조의 난립
포기의 거리에서 포기 직전의 낮은 불빛
포장마차에 가면 나를 포장해 줄지 모른다
연탄불 위에서 사지를 비비꼬는 꼼장어
한 풀 꺾여야 살아나는 제 맛
이 얼마나 아름답고 훌륭한 기립인가.

파도

가끔가다 너는 얄미운
암캐
나의 간을 노리는 백여우

양수의 몸으로
느긋이 머문다면
우리의 변방은 평화로울 걸

틈만 나면 이빨을 세워
남들이 묻어둔 그리움
낱낱이 파헤치는 그 습성

조개껍질이며 폐선
네가 보아도 여긴
고독의 패총구역이 아니냐

우리의 병이 한꺼번에 도지면
네 돌아갈 길이 잠길지도
모를 일

마왕 같은 파도여
돌아가라 그만
정적 위에 떠 있는 섬으로 가
너도 이젠 여장을 풀어야지.

사진

님과 함께 있을 때는 님의 품안에
내가 있고
님과 떨어져 있으면
내 품안에 님이 안겨져 있다

세상 길 험난하여
절벽을 오를 때면 사다리가 되어주고
낭떠러지에 떨어질라치면
날개가 되어주는 님

님은 언제나 젊어 있어서
늙어 가는 내 모습이 미안키도 하지만
마음만은 주름살 없는
그 때 그 마음인 걸

주말에는 오랜만에 여행을 떠나야겠네
차표 한 장 사들고 기차를 타면
사람들은 모두가 중얼거리는 나를 보며
병자라고 말할 테지만

열차는 시원스레 중원을 내달리고
나는 님과 함께 커피를 나눠 마시며
가슴과 가슴으로 소리 없이 속삭인다
차표 한 장에 둘이 앉아서.

선택

선인장꽃
장미꽃
너희들을 사랑하면서
두려워 할 수밖에 없는 건
접근할수록 나를 아프게 하는
그 지독한 가시 때문에

새 며느리밥풀꽃
옥잠화
너희들을 사랑할 수 없는 건
모든 걸 열어둔 나와는 달리
속내를 감추기 위해
음침하게 파놓은 굴이 싫어서

이제는 함부로 사랑하지 않을래
연꽃이며
물매화
찾기도 어렵거니와
겉이야 어떻든 간에
속 좋은 솔나리꽃 그마저 귀해.

4부
등대, 끝없는 그리움의 항해

비보悲報

사랑의 증표 대신 사랑에도
기념비를 세울 수 있다면 하고
나 그대에게
비문 같은 얘기를 건넨 적 있었지

나에게 있어 그대는
우담화보다 고귀한 존재
그대가 나의 척추려니 나는 그대의
살이 되어서 좋으매 라고

그랬었지, 그런데도 지금에 와
사랑할수록 자신이 없다며
부고장처럼 보내온 비보
더 아리송한 것은

유리알 같은 마음으로
주고도 더 줄 것을 생각하며
늘 저리도록 사랑하는 법까지
가르쳐 주던 당신의 배려……(중략)

짧지도 않은 사연
연필로 쓴 까닭은
아픈 곳은 지워도 된다는 걸까
그러나 영영 지우지를 않겠네

그대만 행복할 수 있다면
잉크로 다시 써서
그대 사진 뒤 병풍으로 둘렀다가
지상의 마지막 풍경
그것으로 만족하며 눈을 감겼네.

남풍南風

그대 모습 하늘 뿔뿔이 흩어져
끌어 모을 수는 없어도
바람결에 실려 오는 목소리
가슴으로 파고들어
바람 불어 좋아라
곁에 있어 행복해라

나뭇잎이 하느작거릴 동안은
숨결이며 맥박
핏빛마저 고요해져
지금의 내 마음은
산山 중에 산
호롱불 조는 초막같아 좋아라.

해동 解冬

냉가슴 터져
얼어붙을 데라고는 더 이상
여백 없던 빙산

한 때는 소용돌이에 말려
들끓는 심장 누그러뜨리지 못해
불꽃 튀던 활화산

지금 이토록
푸른 색칠 입혀 나가는 것은
그대 가슴 속에
내 심장 함께 뛰고 있어서다.

설천雪天

누구와의 사별死別일까
소복 입은 저 하늘
삼우날까지 정해 두고

사랑하는 내 여인까지
소복 껴입힐 작정인지
옥양목 두루마리
풀고 또 풀어.

원점

쏟아 붓는 땅거미 속을
그리움 두건처럼 눌러 쓰고
무작정 걸었기로

님 떠난 길에는
떼거리로 몰려드는 적막 외
뒤척이는 낙엽뿐

길 끝을 말아 쥔 둔덕에 서서
실종을 화두로
의문을 해부할 무렵

시위를 떠나 빗발쳐 오는 님의
냉기
심장에 와 꽂힌다.

환영幻影

꽃길을 터놓아도 외면하던
당신이
오늘은 무슨 일로 수만리 길
비를 맞고 오시나요

흠뻑 젖은 옷이야 달궈 놓은
이 가슴이면
금방이라도 마를 일이지만
올 때마다 당신은 말이 없으니

껴안았다 싶으면 빗속 그대로
그래도 이 순간이 영원할 수
있다면

비만 오면 당신이 늘
곁에 있기에
이만해도 나에겐 행복이지요.

쑥부쟁이

심장 하나 건넬 다짐이 아니라면
어느 날 예고 없이
흉금조차 털어내지 못한 채
돌아설 일 뻔하기에
다시는 섣불리 사랑하지 않으리

사랑한다 말하면서
잣대부터 들이대는 무례가 싫어
산 아래 비록
행복이 자자하다 해도
이대로 산등성에 홀로 남으리

이제는 아무도
나만의 영역을 침범하지 말아요
마음 속에 자리잡은
하나의 사랑이면 이 계절 동안은
그런 대로 족하리니.

등대

끝 없는 그리움의 항해
바다로 가는 강물 걸음 바쁜데
님은 어디쯤 오고 있을까
등대여 한껏 심지를 돋구어라

잔설처럼 눌러앉은 나를 향해
님은 올 테지
길을 잃고 돌아선다면 등대여
난 너를 두고두고 원망하리다.

심금

바람아
내 죽어 피죽이 떨어져 나가면
가슴뼈에 줄을 이어
퉁겨 보아라
살아온 나의 내력
낱낱이 네게 들려주리니
절절이 가락 별곡으로 이어지면
청죽을 끊어다가 춤도 춰 보아라.

만조

나 왔노라 소리질러도
밀쳐내기 바쁘게
해변을 걸어 잠그는 바다

우리를 만나게 해주었다가
우리가 헤어지자
바다는 자꾸 해변을 감춘다

깃발 든 파수꾼들이여
사랑을 버린 쪽은
내가 아님에
어서 저 바다를 밀치고
해변을 열어주렴

소라껍질 속에 잔류한
밀어
그라도 만나
외로움 잠시 달래고 가마.

관측觀測

젊어 용두사미였던 것이
늙어지자 사두용미蛇頭龍尾
나이가 찰수록 왕성해지는 시력

실개천 꼬리에
별똥별 꼬리에
목숨의 꼬리에

돋보기를 벗고도
꼬리 쪽마다 훤히 보이는
종말과 맞물린 눈부신 저 장관.

정동진

금세기와 몸을 섞지 않겠다고
백사장을 경계선으로
돌아앉아 말이 없는
정동진 앞바다

태초의 비밀 수평선에 매달아
물 속에 감춰놓고 오늘따라
그 알량한 해돋이마저
드러내 놓지 않는다

이따금씩 간이역을 에워싸는
기적소리
누구의 이별이건 바다는 내내
동으로만 보고 앉았다.

한류

국적 없는 바람이 분다
지표가 얼어붙는다
누구의 사랑이 식어
여기까지 와서 곤두박질 치는가

모닥불 마주 지필 여인도 없는데
누가 나의 마음까지
동여매려 하는가.

열병

달빛 아래 드러누운
그대 그림자 데려다가
그대와의 서리 낀
추억을 데려다가
이불 속에 함께 누워
하얗게 어둠 바래도록 나
정사를 이루나니
불 꺼진 아궁이
타는 구들장.

독백

그대가 내 곁에서 머물 때는
물에 비친 달을 보듯
약간은 무심했다만
그대가 떠난 뒤로는
밤마다 그리워 잠 못 이루네.

항변

고독이 해체되기를 바라는 나에게
오히려 고독을 떠맡기고
썰물처럼 빠져 나가는 벗들이여

나는 언제까지
벗들의 울음까지 울어주며
이 외로운 섬을 지켜야만 하는가

나만이 왜
타인의 비명까지 질러대며
창공을 붉게 물들이라 하는 건가

이제는 다가오지 마라
더 이상 내게
사생아 같은 고독을 맡기지 마라.

그림자

당신은 늘 내 곁에 있어도
왠지 손목 한 번 잡아볼 수 없어요

가깝기로 더 이상 가까울 수 없는데
서로의 입술 맞닿을 수가 없어요

마음 안쪽에만 머무는 까닭으로
이렇듯 혼자만 애를 태우나 봅니다

바깥으로 나와 울 일이야 없겠지만
혹시나 울더라도 내가 있어 닦아줄 텐데
나 종종 응석을 부려도 볼 텐데

이제 그만 그림자를 이끌고 밖으로 나와요
나마저 나의 그림자를 버리게 되면
그때는 당신이 와도 아무 소용 없어요

그때는 이미 갈대꽃처럼 날려
우린 서로 길이 엇갈릴 수밖에 없겠지요.

빈 들판

약속 없는 계절
님 가고
꽃이 지고

떠나고 나서야
혼자라는
썰렁한 소용돌이

헤어진 자리에
그리움 돋을까봐
발걸음 떼지 못해.

해조음, 가슴살 뜯는 슬픈 곡조

새에게

새야 새야, 먼 길
지치도록 날개 저어
일부러 온 것은 아닐 테지만
당장이 아니라도
돌아갈 길에는 잊지를 말고
청 하나 들어주렴

연년이 받아둔
묵은 씨는 제쳐두고라도
최근에 거둔 그리움의 씨앗
이나마 물어다가
그녀 집 뜰안에 심어둔다면
그리움 날로 번질 게 아닌가.

극과 극끼리

어제까지만 해도
늙어 꼬부라질 대로 꼬부라진 달에게 업혀
강변으로
해변으로
그리움을 찾아 헤매던 내가
오늘은 죽어서 싸늘해진 달의 시신을
까만 포대기에 싸서 업고
뼛가루처럼 내려앉는 눈 속을 걷고 있다

호빵처럼 불룩불룩한 눈 덮인 언덕빼기
저곳에 가면 남아도는 자리가
한두 군데는 있겠지만
기절했던 내가 그로 하여금 살아났듯이
지금의 그도 기절이라 생각하면
며칠 밤이라도 곁에 두고 지켜볼 수밖에
극과 극에서 오랫동안 홀로 떠돌던 우리
이제 겨우 만난 지 얼마나 된다고.

시녀살이

그대는 떠나 있다 생각해도
나에게는 그대 떠나지를 않았기에
처음 만난 그대로
나의 주인이 되어 내 맘 속에 머뭅니다

시녀인 내가 떠나지 않는 한
그대 떠날 리 없는데 무슨 영문인지
가끔씩은 떠났다고 생각되어
초조하기 이를 데 없습니다

하지만 시녀살이
이나마 분에 넘치는 행복이라 생각하고
그대가 원하지 않아도 나는
결코 당신의 시녀임을 잊지 않겠습니다.

가시나무와 새

나는 네가
껍질 속에 가시를 감춘 나무라
단정짓지는 않는다만
간혹
간혹
심장을 찔러올 때면 나는
그렇게 밖에 믿을 수 없네

부러진 날개
나 이대로 얼마만큼 더
날아갈지 모르지만
가다가 새장에 갇혀
질식의 날을 맞을지라도
여기는 떠나려네 다시는
이 숲을 찾지 않을 것이네.

우리는

강변을 거닐고 있는 나는
혼자가 아닙니다
걸음걸이가 말하고 있듯
해변을 거닐 때도 나는 결코
혼자가 아닙니다
찍어내는 발자국이 외줄이라서
모래성을 쌓는 아이들마저
믿으려 하지 않지만
그녀는 단 한 번도
내 곁을 떠난 적이 없습니다
그 곁을 나도 떠나본 적 없습니다.

목소리

지금 내 귀에 와 닿는 바람소리는
그대 나를 향한 속삭임인가요

지금 내 눈을 부시게 하는 햇살은
그대가 나를 바라보는 눈빛인가요

조금만 더 세게 불어준다면
무슨 말을 하는 건지 알 수가 있으련

조금만 덜 눈부시게 한다면
그대 정면으로 바라볼 수 있으련

그렇지만 이나마 다행이라 여기며
귀를 기울이고 있겠어요
시선을 집중해 보겠어요.

겨울바다·1

한적한 해안
싸늘히 굳은 백사장을 사이에 두고
멀리는 새 하나
여긴 나 하나

해조음 슬픈 곡조에 가슴살 뜯는
모래성만 무심히 바라보다 일어서는
나 하나
새 하나.

겨울바다 · 2

지금의 내 마음은 저 넉넉지 못한
겨울바다
별을 헤아리는 것조차 포기한
그러면서 행여
떠밀려 오는 섬 하나 있으련
떨고 앉은 바다

지금의 내 마음은 선창에 매달려
적막에 가린 채
깃대처럼 꽂힌
그러면서 행여
밧줄 끊어질 날 있으리라 침묵하는
배.

속수무책

이 속물스런 가을은 무슨 전설을 꾸미려고
나뭇잎을 털고 있는 걸까
새떼들까지 몰아낸 온 동네 문틈 사이로
달빛을 밀어 넣고 있는 걸까

살아 있다는 사실조차 확인해 볼 겨를 없이
쉴 틈 없는 항해
끝 없는 그리움

비명보다 질긴 한숨으로
별들을 흔들어대는 동안 밤은 냉큼
동리가 낳은 또 하나의 전설을 챙겨
담벼락을 넘고 있다.

살내음

그대 가슴 하늘만 같아
나는 언제나
하늘에 묻혀 산다
때로는 흐린 날
때로는 폭풍우에 휩싸여 나를
긴장시키기도 하지만
잠시의 산고가 끝나고 나면
하늘은 다시 푸르러
더 한층 맑아

태초의 신비
그대 풍기는 살내음 신선도 하여
숨 호흡 길게 들이키면
내 가슴
쏴—
산바람으로 속삭인다
도란도란 신록이 우거진다.

바람끼

바람아
밤으로는 함부로
나의 창문을 흔들지 말아다오

문틈 사이로
한창 열애중인 침실 내부를
넘보지 말아다오

나의 혼과
어둠의 혼이 은밀히
신음하며 살을 섞고 있나니

너로 하여 손상된 사랑의
통증은
이 밤 잠시 밀려나 있음에

볼라치면, 동트는 새벽녘
탯줄 없이 태어난 풀잎 위
내 아이들이나 보렴.

속내평

초저녁 닭이 우는 사연
아무도 모르리라

한 밤중 개가 짖는 사연
아무도 모르리라

더욱이 내가
밤새도록 잠 못 이루는 사연을

남들은 으레히
그러려니 말하겠지만

해와 달이 같은 길을 가면서도
왜 서로 떨어져 가는지를.

가을 찻잔

마신다
가을 하늘
해묵은 그리움
휘휘
저어가며

무가당으로
울컥
울컥
눈물 넘치도록
마신다.

원상 회복

오르다가 추락하는 일은
겉으로 드러나는 아픔이지만
빠져들어 되돌아 나오기란
피 말리는 혹사

이처럼 오랫동안
미궁 속에서 헤어나지 못하는 건
처음부터 강력하게 빨아들인
너의 그 흡인력이 아니고는

별리된 이음새를 다시 잇는
묘수는
네가 가진 용접봉으로 땜질할
너만의 작업

불을 댕겨라
불꽃 튀도록 땜박질을 하여
뒷처진 보금
따라잡을 수밖에.

고향 소묘

모여든 꿈들이 해안을 덮쳐
바닥을 드러낼 줄 모르는
만삭의 바다를 낀 경상남도 고성은
탄생에서 성숙까지 나를 배양한 곳

불꽃 맹렬한 태양을 바라보며
부풀어 오르는 그 무엇들 감당할 수 없어
군청 뒤 네거리
팽나무에 매달아 두면
해마다 시월 하늘에 황금색 섬 하나

변증법으로 발아發芽한
어머니로부터 수정受精된 모성애가
또 하나의 세계로 진입하기 위해
이성異性의 날개를 펴기 시작

밤안개 자욱한 골프장 와사등 아래
소녀랄까 숙녀랄까
시선視線을 데우는 여자
광주 출신 최영숙

지금은 그 고향에 아무것도 없다
꿈이 빠져 나간 해안에는
개펄만 비스듬히 누워 끙끙댈 뿐
팽나무며 골프장이며

이중 삼중으로 내 젊은 전시장을
깔아뭉갠 시계바늘아
고향을 주마 깡그리 내주마
어디다 숨겼느냐, 와사등 아래
그 박꽃 같은 여인을.

공원묘지

무덤은 모두가 대문이 없었다
개미구멍 하나 남기지 않아
묘비가 넘어져 있지만
알릴 길 전혀 없다

이것이 저승꽃일까
이름 모를 꽃들이 여인의 무덤을
무덤 아닌
영혼의 궁전이라 말하고 있다

살아 있는 자들은 살아 있는 자들의
집만을 아름답다 말하지만
내 보기엔 참으로 눈부신 저택

바깥 모양새가 이렇게 유별난데
여인이 머무는 내실이라면
예외로 문 좀 열어주면 안 될까
차 맛도 보고 여인도 보고 싶고

옆자리 자투리땅이라도 있어

가묘라도 해 둔다면 이 다음
매일같이 만날 수 있겠다만
예도 마찬가지 땅 한 뼘 없기는.

꽃가게

칙칙한 그림자에 얽매여
어깨선을 구겨대던 꽃가게 주인
사풋이 햇살 내려와
이름 모를 꽃으로 갈아 놓는다

칭칭 감아댄 목피木皮를 뚫고
가지마다 일제히 고개 드는 움
간밤에 터뜨린 난蘭꽃 향기에
발정을 했나 보다

골목과 골목을 지나는 사람들까지
가슴 도톰해
사나흘쯤 지나면 망울 다 터져
온 동네 꽃바람 술렁이겠네

꽃송이마다 향기를 맡아대는
노인의 애잔함
서럽도록 생각나는 여인이 누군지
체취라도 묻혀 돌아가야 할 텐데

내 보고픈 사람은
참꽃을 따려 산으로 갔을까
난 그런 줄도 모르고
해마다 꽃집 앞을 맴돌며
여러 봄을 놓쳤네.

생자필멸 生者必滅

사방의 시선을 한눈에 끌던 매화
꽃잎 꽃잎 제 갈 길 떠나
드물게는 나 같은 운명도 있어
빗물 질질 새는 슬레이트집 마당가
핏빛 쏟아두고
저승의 연결 도로
컴컴한 하수구로 빨려드는 모습에
나는 지금 그를 위해 펄럭이는
유일한 만장晩章.

행복, 당신 곁에 내가 있다는 것

잃어버린 길

가지에 걸려 나래를 떨군 연鳶
창공으로 치솟던 자유는
온전한 자유가 아니었다
비어 있는 저 성좌星座들의 마을길은
무한히 열려 있는데 바람은 왜
역행逆行만을 일삼아
나뭇가지의 자작自作에
손을 들어주는 걸까
탈출을 시도할수록 점점
줄어드는 반경
창백한 저 핏줄에 피를 채우는 일은
가지를 잘라내는 혁명
질식의 벼랑에서 숨을 몰아쉬는
그대여
잠시라도 숨쉬는 법을 잊으면 안 돼
자유는 그대 쪽에 손을 들고 있나니.

환상의 제주도

이어도가 뒤집어쓴 바다에 꽃물 배이면
섬을 깨우느라 지표를 툭툭 쳐대는
조랑말
과실나무 뿌리로 스며든 땀방울들
가지마다 알알이 금빛으로 차 올라
섬은 온통 테마의 본향本鄕
청량한 바람과 해녀들에 둘러싸인
돌하루방은 중년의 나를 향해
한 번만 늙지 두 번은 늙지 말란다

눈 덮인 제주도는 흡사
바다에 떠 있는 거대한 알(卵)
껍질이 녹아 내리면 눈부신 노른자
유채꽃 무리
폭포마다 굴窟마다 천혜가 가부좌를
틀고 앉은 삼매三昧의 피안彼岸
바다에서 솟아 바다로 지는 해를 보면
한라산은 분명 지구의 태胎를 묻어둔
우주 최초의 능陵 내지는
바다에 띄워둔 태초의 타임캡슐.

창가에 지는 낙엽

낙엽으로 와 닿는
그녀의 편지
바람이 불 때면
받아쥐기 바쁘게 밀려드는
속달 우편

보내는 쪽도 받는 쪽도
주소는 없지만
나는 알아
빨갛고 노랗고 간간이
짙푸른 사연
그녀의 모든 걸 옮겨 놓은 듯

주적주적 내리는 비
아직 다 읽지 못한 편지가
떠내려간다
수취인 거절이 아닌데
그녀가 되받아 보면 가슴 아픈 일

이 비가 그치면 우체국도

문을 닫겠다
그리움 다시 부풀어 대기권에서
얼어붙다가
어느 날 부서져 눈발로 내리면
대지도 덩달아 흐느끼겠다.

생각의 외출

그리움을 화두로 오랫동안 마음자리에 묶고 있던
생각께서 바람이 났나 보다
처음 당하는 일은 아니지만 요즘들어 종종
마음이 멍할 때가 많아
그때마다 하늘을 쳐다보면
별이 두 개쯤은 더 불어나 있다
엎치락뒤치락 어떨 때는 하나로 보였다가

사정이라도 했을까 기력이 다 빠져 보이는
두 별이, 하나는 이쪽
하나는 저쪽으로 비실비실 사라지고 있다
두개골에서 들려오는 돌쩌귀소리
마음자리를 몰래 빠져 나갔던 생각께서 이제
제자리로 돌아왔나 보다
나간 김에 아주 멀리로 떠나 버릴 일이지.

나는 구름이어라

그대는 모르리라 또 다른 나의 모습을
아무도 모르리라
내가 지금 어디서 무얼 하고 있는지
가만가만
저 멀리 수평선을 바라보아요
색소폰 옆에 끼고 유유히 떠가는
하이얀 구름이 보이시나요
해질녘이면 무인도에 앉아서
그리움을 노래하는
노을빛 구름을 보신 적이 있나요
때로는 비가 되어 그대 가슴 적시는
아무도 모르리라 또 다른 나의 모습을.

다년생 행복

당신이 꽃이라면
당신이 데리고 온 봄은
행복입니다

봄은 혼자 오는 것이 아니므로
꽃 또한
혼자 오지 않습니다

당신 곁에 내가 있다는 건
내게도 봄이 있다는 증명입니다

그렇지만
당신이 불쑥 떠나고 나면
나의 봄은 영영
돌아올 것 같지가 않습니다

당신은 다년생
잠시는 졌다가도
다시 피는 꽃이어야 합니다.

나무와 나

당신은 잊었습니까 우리가 즐겨 찾던 성터 아래
그 고목을
당신이 떠나고 나서부터 나무와 나는 서로를
달래며 기다려 보자 약속했지요
처음 몇 년간은 함께 서서 기다리다가
나도 몰래 어느새 큰길에까지 내려와 있어요
가끔가다 나무가 아직도 보이지 않느냐고
나에게 물어오면 나는 그저 아무 말 못하고
풀죽은 모습으로 고개만 끄덕입니다
바람이 붑니다 요 며칠 계속
차가울수록 더욱더 기다려지는 이유에 대해
우리는 서로 의심하지 않습니다
길고 긴 날 몸에 배인 것이라곤 기다림뿐이라서
지난 밤에는 나무 혼자 서럽게 울었나 봅니다
발등으로 타 내린 눈물이 하얗게 얼어있었지요
나는 낙엽을 끌어다가 발등을 덮어주며
조금만 참으면 봄이 온다고 달랬지만 사실은
당신만을 기다리는 내 욕심인 걸 어쩝니까
눈이 내리고 있어요 빗자루가 꽤나 닳았네요.

낯선 이별

알 수 없어라
저문 들녘에 지나는 바람의 마음을

바람 뒤에 남아
물끄러미 바라보는 풀잎의 마음을

알 수 없어라
난생 처음 겪는 일이라서

다가올 그리움에 대하여
더더욱 알 수 없어라.

빗나간 관계

그대 벗어 둔 그림자 먹물 번지듯
번져나
오랜 세월 이토록 잊지 못하나

약간은 느슨해졌다 싶어도
댕겨 논 불길
지금도 탱탱하기 예나 다름 없어

기적소리 온 몸에 감겨들면
정지선을 무시
초음속으로 내달리는 그리움

길이란 예외 없이 끝이 있음에도
그에게로 가는 길은
다가가는 수치만큼 길 끝 웃자라

이렇게 될 줄 알았으면
손이라도 한 번 잡아주는 건데
사랑한다 말했을 때
그래, 그래
나도 사랑한다 말했어야 하는 건데.

가을밤의 종용

바스락
낙엽 돌아 눕는 소리가
그대를 생각하라 한다

창가에 스며드는 달빛이
그대 모습
짙게 그려 보라 한다

한 동안 잊고 말았는데
귀뚜리 날더러
울어보라 하고

가을편에
그리움을 딸려 보낸
당신은 누구십니까

유난히 떨고 있는
별
당신은 또 누구십니까

너를 위해

세파에 아슬아슬
건드리면 와삭할 해묵은 빈 벌집
혼자서 바람 재우는 일 힘에 겨운 듯
벌떼들 모두 어디로 떠났는지

이제나 저제 꽃숲이 어우러지면
꿀물 가득 채우리라
가슴 데워지리라
모질게 버틴 모습

교회당 불빛
네 창가 무수한 밤을 지켜보면서도
어쩐 영문인가

너를 위해 벌이 되고파 꽃이 되고파
이 밤도 네 잠든 꿈길 밖에서
어지럽게 뒤척인다 박제의 몸으로.

빗장무늬 손수건

누구의 사랑을 감싸라 하여
그대 나에게 손수건을 건네는지요
언젯적 상처 지우라 하여
빗장무늬 손수건 살포시 건네는지요

황금으로 천을 짜서 받으라 해도
정보다 못하기에 거절하고 말았는데
어찌된 힘으로
이 마음 사르르 녹여내고 맙니까

올올이 배여 있는
얕은 듯 깊은 정성
한 조각 천으로는 불가능한 이 감동
처음 겪는 일이라서 꿈은 아닌지

두 줄기 액질 무시로 타내려도
와 닿는 손길 모두 의족만도 못했기에
그대는 그냥 아무렇지 않겠지만
이 행복 엄청나 가둘 데가 없어요.

홍류골의 시월

반쯤 기댄 폭포에
미끄러져 내리는 시월

청자 빛 하늘
호수에 또 하나

백양산 양 날개
불을 댕겨 너울너울

내달이면 활활
이 가슴도 타겠다.

동반자를 찾아

시력이 약한 여자
귀가 먼 여자
변소간을 자주 드나드는 여자
장기기증 증명서를
부적처럼 지니고 다니는 여자

결론적으로
덜 보고
덜 듣고
달라붙는 이물질을
제때에 배설해내는 여자

부산에서 정동진
정동진에서 서울로
서울서 다시 부산까지
돌고 또 돌아봐도
보석보다 귀한 여자.

하얀 손수건

그대가 내게 손수건을 건네던 날은
널브러져 잃었던 사랑
사금파리처럼 주워 모아
마음 가장자리 성城 우뚝 세우던 날

오묘한 영역
아무에게도 빼앗기지 않으려
손수건에 수繡놓인 빗장무늬 들어다가
성문 야무지게 걸어 잠그던 날

내가 그대에게 손수건 내미는 지금은
그대 스스로의 몸부림에
우리의 성城이 와르르 무너지는 날

하이얀 손수건을 선택한 이유에는
사랑하는 법 가슴으로 새겨
좌우명처럼 걸어두라고

폐허에 동그라니 나 홀로 남았어도
그리움 아니고는 그대 기다리지 않을래
미련 두지 않을래.

고독의 노동

그리움은 안으로만 자라
나만이 숨겨둔 숲이게 한다
언제나 그랬듯이
지금도 나는 나의 숲을 지키며
숲에서 산다 천직으로
자리 매김한 고독의 노동
숲은 온통 곳간 같아서
치워도 치워도
하루의 노동을 헛되게 한다
뼈라처럼 흩날리는 얼굴이며
탄가루처럼 쌓이는 추억
입산통제라고 쓰여진 팻말이
없는데도 늘 혼자뿐인 숲.

5월의 언덕

언덕빼기 대숲 속에
알몸으로 누운
바람

속옷까지 벗어 던진
하늘과의
은밀한 행위

숨소리는 오히려
내 쪽에서 거칠다.

바닷가에서

그리움 이고 지고
오도 가도 못하는
나

옆구리에
섬 하나 끼고
허공만 바라보는
바다

반겨줄 이 없어
삼백 예순 날
몸부림만 쳐대는
나
그리고 너.

밤으로 우는 강

얼마나 서러운지
울음소리 바래져
갈대 숲을 하얗게 물들인다

낮에는 날더러
울지 마라 해놓고
혼자 몰래 슬피 우는 강

울 테면 실컷 울어
핏물까지 퍼 올려라
강물이 붉어야 새벽이 오지.

별을 보며

그럴 리 있겠냐만 훗날
우리 둘 만약
헤어지게 된다면
헤어져 몹시 그립게 된다면
그때는 우리
밤하늘을 바라보자
우리가 정해둔 너의 별
나의 별이 있기로
그리워 눈시울 붉어지면
서로의 별을 향해 안부를 묻자
헤어지게 된다 해도 우리 서로
이별이라 생각지 말며
누구 먼저 삶을 등진다 해도
슬퍼하지 말자
한 번 더 기억해 둘까 저 별은
나의 별, 그 옆엔 너의 별.

다발성 이별

누구를 위해 놓여진 철로인가
사랑했던 사람도
미워했던 사람도 돌아오지 않는 역
이별의 회수를 말해주는 듯
매끄럽게 마모된 레일

레일 끝동네는 우체통도 없는 걸까
그 곳이 공원묘지라면
떠나간 순번대로 비문들 늘어서서
오히려 나를 기다리고 있을지도
좀 더 기다려보다 막차를 타랴

돌아오는 기차마다
한결같이 낯선 사람들만 내려놓는다
저들은 또 누구와 이별하여
어디로 가려고 종종걸음을 치는 걸까
이쪽은 그래도 불 밝힌 창문들이
끊어질 듯 다문다문 늘어섰는데.

나의 오로라

오늘따라 밤이 유달리 차다
달도 얼어붙어 수은등처럼 굳어버린 밤
어쩐지 달빛이 여인의 소복 같다
바람이 스칠 때마다 이마에 휘감기는 감각

그녀
항간에는 죽었을 것이라고
또 다른 소문에는 혼이 빠져 떠돈다고
무섭다
설마

그녀를 찾기 위해 나는 나의 세포들을 깨워
길을 나선 지 오래다
길은 수만 가닥 오늘은 어느 쪽으로 가야 할지

바람아
시베리아에서 예까지 오는 동안 울면서 떠도는
여인을 못 보았느냐
통곡이 분수처럼 치솟는 무덤은 보았더냐

그토록 사랑했다면 내 발목에 족쇄라도 채워
끌어당겨 볼 일이거나
차라리 사랑한 흔적 남기지를 말아야지
얼어붙은 미로 위에 맴도는 오로라여.

끝 없는 도전

그대는 바람처럼 빠져 나가고
남은 그림자 그리움으로 부풀어
나는 그 속을 쉬지 않고 날고 있네

종횡무진
머리를 부딪히며 꼬리를 찢겨가며
추락 끝에 일어서고
일어서다 또 추락을 반복

끝 없는 궤도
타드는 가슴 까맣도록
외로운 새가 되어 지금도 날고 있네.

경음악의 마력

음악소리 흐르면 그리운 사람을 만난다
한 소절 순간에도 우리는 함께
긴 여행을 즐긴다

음악소리 흐르면 머나먼 과거로 떠난다
그 짧은 시간 안에 우리는 함께
왔던 길을 되풀이한다

세느강에 노을이 지고
우리는 음계에 올라 은하수를 유영한다

우주 안팎 어디에도 영원한 것은 없다고
철꺼덕
어느 새 독방에 홀로 갇혔다.

진진욱 제3시집

사랑, 지울 수 없는 그리움

●

지은이/진진욱
펴낸이/김재엽
펴낸곳/**한누리미디어**

●

100-845, 서울시 중구 을지로 2가 148-73
신화빌딩 401호
전화/(02) 2278-4513, 2268-4514
팩스/(02) 2268-4524

●

등록/제16-467호(1993. 11. 4)

●

초판발행일/2002년 6월 20일

●

ⓒ 2002 진진욱 Printed in KOREA

●

값 6,000원

●

E-mail/hannury2001@yahoo.co.kr

●

※잘못 된 책은 바꿔 드립니다.
※저자와의 협약으로 인지는 생략합니다.

●

ISBN 89-7969-210-2 03810